Germina monte à cheval

Violaine Fortin

Illustrations de Jean-Pierre Beaulieu

COLLECTION
SAUTE-MOUTON

ÉDITIONS
MICHEL
QUINTIN

Données de catalogage avant publication (Canada)

Fortin, Violaine

   Germina monte à cheval

   (Collection Saute-mouton ; 22)
   Pour enfants de 6 ans.

   ISBN 2-89435-176-3

   I. Beaulieu, Jean-Pierre.   II. Titre.   III. Collection :
   Saute-mouton (Waterloo, Québec); 22.

PS8561.O757G48 2002   jC843'.6   C2002-941154-8
PS9561.O757G48 2002
PZ23.F67Ge 2002

Révision linguistique: Monique Herbeuval

 Le Conseil des Arts du Canada
The Canada Council for the Arts

 SODEC Québec

Patrimoine   Canadian
canadien   Heritage

La publication de cet ouvrage a été réalisée grâce au soutien
financier du Conseil des Arts du Canada et de la SODEC.

De plus, les Éditions Michel Quintin bénéficient de l'aide
financière du gouvernement du Canada par l'entremise du
Programme d'aide au développement de l'industrie de
l'édition (PADIÉ) pour leurs activités d'édition.

Gouvernement du Québec – Programme de crédit d'impôt
pour l'édition de livres – Gestion SODEC

ISBN 2-89435-176-3
Dépôt légal - Bibliothèque nationale du Québec, 2002
Dépôt légal - Bibliothèque nationale du Canada, 2002

© Copyright 2002
Éditions Michel Quintin
C.P. 340, Waterloo (Québec)
Canada J0E 2N0
Tél.:   (450) 539-3774
Téléc.: (450) 539-4905
Courriel: mquintin@mquintin.com

1 2 3 4 5 6 7 8 9 0 M L 9 8 7 6 5 4 3 2

Imprimé au Canada

*À mademoiselle Germaine,
mon premier véritable
amour de cheval*

1

C'est la grande forme!

Aujourd'hui, c'est décidé, je me mets en forme. Je vais chercher ma vieille bicyclette dans la remise. La dernière fois que je m'en suis servie, j'allais encore à l'école primaire. Ce n'est pas étonnant qu'elle soit si poussiéreuse.

Après avoir nettoyé les pompons rose bonbon et enlevé le

nid de souris qui était dans le petit panier, j'aligne les roues.

Ça y est, je suis prête à partir! Ti-Pit, qui adore se promener, est ravi du projet. J'enfourche mon vélo. Ti-Pit me suit.

— Ti-Pit, je commence à être fatiguée!

— Mais Germina, nous venons tout juste de partir. Si tu veux te mettre en forme, il faut faire un effort!

— J'ai mal aux jambes.

— Mais c'est impossible! Tu ne peux pas déjà avoir mal aux jambes.

— Tu veux la preuve? Alors écoute, écoute bien!

— ...

— Je n'entends absolument rien.

— Tu n'entends donc pas les gémissements de mes pauvres petites cuisses? Elles me supplient de retourner à la maison. Elles me disent: «Aaaah, Germina, de grâce... Aie pitié de nous... de grâce...»

— Germina, tu n'es pas une bonne comédienne et nous ne sommes pas au théâtre. Allez, ma grande! Un peu de nerf! Il y a une petite descente un peu plus loin.

La petite descente de Ti-Pit ressemble plutôt à un précipice! Pour moi qui ai le vertige en talons hauts, c'est trop!

— Terminus, je retourne à la maison!

Je serre les freins... Pas de réaction!

— Ah non! J'ai oublié de véri-fier les freins avant de partir! AAAAHHH!!!

2

La bicyclette volante

Je prends de la vitesse… Impossible d'arrêter cet engin, il file à toute allure. Soudain, la roue avant percute une roche et j'exécute un super vol plané.

L'atterrissage est brutal. Je fais plusieurs culbutes avec ma bicyclette, puisque celle-ci refuse de me quitter. Lorsqu'on s'arrête enfin, Ti-Pit, qui a suivi

la scène du haut des airs, me
demande :

— Ça va, Germina?

— Non, ça ne va pas du tout…
J'ai mal partout, ma bicyclette

est écrabouillée et nous sommes perdus au milieu de nulle
part...

— Ta bicyclette, on s'en occu-
pera plus tard. Tu n'es pas

blessée, tu peux donc rentrer à pied. Au moins, il fait beau, regarde-moi ce magnifique soleil!

— Magnifique soleil? Je crève de soif, je sens le vieux fromage et mes jambes ne veulent plus m'adresser la parole!

Je m'effondre en pleurant.

— Ne pleure pas, Germina! Je vais trouver une solution. Reste ici, je vais chercher de l'aide.

3

Quel animal!

Ti-Pit tarde à revenir. Je commence à m'inquiéter. C'est alors que je sens le sol vibrer sous mes pieds. Tac tacque tac, tacque tac... Qu'est-ce que ce bruit rythmé? J'aperçois enfin au bout de la route Ti-Pit perché sur la tête d'un immense animal. La bête trottine, les oreilles pointées dans ma direction. Elle a

un port de tête fier et gracieux. Sa crinière et sa queue flottent au vent. Elle soulève et pose chacun de ses membres d'une façon si élégante et raffinée qu'on dirait une ballerine. Je n'en reviens pas. Je n'ai jamais rien vu d'aussi beau.

C'est un cheval, ou plutôt une jument. Elle est un mélange parfait de grâce, de puissance et d'harmonie. Je suis si impressionnée que je n'ose pas bouger. Je respire à peine, je suis bouche bée. Ti-Pit me tire de ma contemplation :

— Me revoilà, Germina! Je t'avais bien dit que je trouverais une solution. Je te présente Constance. Cette gentille jument a bien voulu interrompre son repas pour faire le taxi. Eh bien, Germina, dis quelque chose! Tu as l'air complètement abasourdie!

— Baba... bobo... bonbon... bonjour, Constance. Vous êtes bien aimable de venir jusqu'ici. Vous n'auriez pas dû vous déranger pour moi. J'aurais pu marcher.

Ti-Pit n'en revient pas:

— Eh bien, ça, c'est la meilleure! Ce n'est pas ce que tu disais tout à l'heure.

— Voyons, voyons, ne vous disputez pas… Je suis si heureuse de vous rencontrer, madame Germina, vous, la célèbre amie de Ti-Pit.

Je deviens rouge tomate.

— Quoi? Vous avez déjà entendu parler de moi?

— De vous et de vos fameuses recettes… Il paraît que vous faites la meilleure gibelotte de guimauve de la région.

Ti-Pit s'impatiente:

— Bon, bon, les commères, vous discuterez en chemin. Il est temps de partir, car le soleil va bientôt disparaître à l'horizon.

4

Au triple galop

— En voiture!

— Pardonnez mon ignorance, chère Constance, mais justement, je ne vois pas de voiture?!

— Mais, madame Germina, c'est sur mon dos que vous ferez le voyage.

— Sur votre dos! Jamais de la vie! Je suis bien trop lourde, je pourrais vous blesser, vous êtes si belle, et moi si grosse.

— Ha, ha, ha! Quel sens de l'humour! Si vous aviez vu le gros patapouf que j'ai trimballé hier!

Pour rien au monde je ne voudrais décevoir Constance. Je prends donc mon courage à deux mains : je grimpe sur une roche et de là, je monte à cheval. Les fesses à peine posées sur le dos de Constance,

je sens tout son corps tressaillir et frémir.

— C'est évident, je vous dérange. Je vais descendre et marcher.

— Madame Germina, vous êtes adorable, mais je ne faisais que placer mon dos pour que nous soyons bien à l'aise toutes les deux. Prête pour le départ?

Je ne me sens pas prête du tout. Mais Constance se montre tellement gentille que je ne veux pas lui dire que je suis morte de peur.

C'est alors que la jument fait son premier pas. Ça bouge! C'est comme un tremblement de terre. À cette hauteur, si loin du sol, je me sens à la merci de l'imposant animal. Il ne me reste qu'une chose à faire... m'accrocher... mais à quoi? Mon magnifique destrier ne possède ni poignées ni ceinture de sécurité.

J'agrippe la crinière et, pour garder l'équilibre, je serre les jambes de toutes mes forces... Il n'en faut pas plus à Constance. Interprétant mon geste comme un ordre, elle s'élance au grand galop, convaincue de me faire plaisir.

— YAAAHOUUU! C'est super, Germina, je ne vous savais pas si experte.

Je ne peux rien répondre pour la simple et bonne raison que je ne respire plus!

5

Les quatre fers en l'air

Nous filons tellement vite que le vent siffle à mes oreilles. À chaque foulée, j'ai l'impression que nous allons franchir la vitesse du son.

Au tournant du chemin, une bande de chiens, surpris par notre passage en trombe, se mettent à japper. Constance n'apprécie pas leur langage. Elle leur fausse donc compagnie en piquant à travers champs.

— Accrochez-vous bien, madame Germina! Nous allons faire un petit saut.

Constance se dirige à toute allure vers la clôture qui borde la prairie. J'ai à peine le temps de comprendre ce qui se passe que je sens la jument prendre son envol. Je suis éjectée par-dessus

l'animal et je me retrouve sus-
pendue à son cou.

Constance, étonnée de me
voir soudain à l'envers, sous
son nez, me dit :

— Ah, vous voilà! Vous dési-
rez quelque chose? Je termine
ce petit saut et je suis à vous!

Le temps s'est arrêté. Nous
volons!

Ce moment de grâce est bien court. L'atterrissage est terrible. Le choc est si fort que mes mains lâchent prise. Je ne suis plus retenue que par les jambes. Mon corps ballotte entre les pattes du cheval. Ses sabots frôlent dangereusement mon visage.

Constance est impressionnée :

— Vous ne m'aviez pas dit que vous aimiez faire de la voltige. Décidément, vous êtes pleine de talents.

— Pardonnez-moi de vous importuner, Constance, mais pourriez-vous vous arrêter quelques minutes ?

— Vos désirs sont des ordres, chère amie.

La jument freine des quatre fers. KABONG! Je suis littéralement

projetée. Sous le regard stupé-
fait de Constance, j'atterris la
tête la première dans un trou de
marmotte.

6

Au trot, c'est trop!

Ti-Pit, qui n'a pas manqué un seul instant de cette course endiablée, vient me voir, complètement éberlué.

— Germina, tu ne m'as jamais dit que tu savais monter à cheval!?!

— Bien sûr que non, puisque je n'ai jamais…

Je n'ai pas le temps de finir ma phrase que Constance intervient :

— Je suis honorée d'avoir partagé ce moment avec une athlète telle que vous, Germina. Vous êtes une cavalière accomplie!

C'est la première fois que quelqu'un me trouve bonne dans un sport. Et pas dans n'importe lequel : en équitation!!! Et de l'avis même d'un cheval!!!

Je suis si émue que je n'ose plus avouer que je n'ai jamais monté à cheval avant aujourd'hui. Gonflée à bloc par tous ces compliments, je me réinstalle fièrement sur le dos de Constance. Je suggère malgré tout :

— Ne pourrions-nous pas reprendre la route plus lentement? Je ne voudrais quand même pas vous épuiser.

— C'est une très bonne idée, Germina. Je vais aller au petit trot.

— Petit trot?

C'est parti, mon kiki! KE KLONG KE KLONG KE KLONG... Je vous certifie qu'il n'y a rien

« de petit » dans cette allure sac-
cadée. C'est pire que tout. C'est
épouvantable. J'ai l'impression
d'être assise sur un marteau-
piqueur. Cette fois, c'est certain,
je vais avoir des ampoules aux
fesses. Je rebondis tellement
sur le dos de Constance qu'elle
est prise d'un fou rire incon-
trôlable.

— Madame Germina, vous êtes vraiment extraordinaire! C'est la première fois qu'une cavalière me chatouille.

Arrivée à la maison, Constance s'immobilise... enfin!!! Aussitôt, je descends de cheval et je m'effondre lamentablement sur le sol. Mes jambes sont en guenilles. Mes fesses sont en charpie.

Comme je ferais tout pour ne pas décevoir ma nouvelle amie, je m'efforce de me relever au plus vite.

Heureusement, elle n'a rien remarqué.

— Chère Germina, j'ai tellement apprécié notre balade. Pourrais-je revenir vous rendre visite?

— Bien sûr! Je vous préparerai de mes fameux sandwiches aux pissenlits!

— C'est fantastique! Si vous le permettez, je viendrai avec quelques amis. Je suis certaine qu'ils aimeront, eux aussi, être montés par une cavalière de calibre olympique comme vous!

Tout ce que je peux répondre, c'est:

— ABABABAB… AGAGA… BE… BENENE!!!!!!!!!!!!!!!!

Table des matières